Collection Poésie/Flammarion
dirigée par Yves di Manno

# UNE PENTE TRÈS DOUCE

DE LA MÊME AUTEURE

*Chroniques d'ici* (avec 11 lithographies de Jean-Michel Alberola), Item, 2009.
*La Logique de l'escargot*, correspondance itinérante, éditions Jannink, 2011.
*Littoral 12*, Flammarion, 2014.
*une, traversée* (avec Yves di Manno), éditions Isabelle Sauvage, 2014.
*bonheur aux serrures*, éditions Isabelle Sauvage, 2016.
*Déesses de corrida*, Flammarion, 2019.

ANNE CALAS

# UNE PENTE TRÈS DOUCE

FLAMMARION

ISBN : 978-2-0804-3702-0
*Imprimé en France*

« Quand les gens qui écrivent vous disent qu'on écrit dans la concentration, moi je dirai non, j'ai le sentiment d'être dans l'extrême déconcentration, je suis moi-même une passoire, j'ai la tête trouée. »

Marguerite Duras

à toi, Esther

# I

# la main de l’ange

c'est ça          –

          elle est assise là
alcôve attenante au miracle, jeune fille
au jus de marbre – fesses à la craie
seins et ventre, indécis dans
la main de l'ange annonciateur
réconciliation des contraires, sujets
anciens et formes
canoniques
inspiration de bronze dans
un univers élargi
langue charnue, organe tissé à la proue
d'une manière – ou d'une [autre] et
le monde autour
d'un féminin apaisé et joyeux

dans l'espace liquide du moi, du souple
répondant au solide
à la bienveillance d'
un espace habitable
sur le papier, le plâtre, la
cire et la couleur

un vocabulaire qui retourne
au berceau
souligne la présence de l'enfant
qui sommeille et infuse
le rêve

hall d'exposition – expérience comme
une œuvre qui l'aurait
accueillie. le monde par
un extraordinaire hasard fondu, brûlé
goguenard et déjà
réinventé trois fois

je retarde l'épingle d'une
curieuse conversation
et précieusement son regard
le fil de laine, la fourmi dans la coquille
hache et vilebrequin `
cognée et niveau dans le coffre
de l'auto

le vent pousse dans ma chair

dans la mienne, oui, oui
joli grain, lapis déciré, comblé
tendre bilan, désir jaune à la marge

trouble infini, bonheur des fauves
et le grand amour ? – croire au pouvoir des
événements

descendre puis monter [avec] jusqu'au village
        rubans de papier        volutes
de soie        et les voiles anciennes
convoquer le vent les ours les baladins
l'image et la fresque
la mer infinie retirée au crétacé. attendre qu'
                                        elle

non seulement les limites physiques mais
derrière les montagnes
les coudes, les ombres

j'aurais passé
ma vie

            à cela =        attendre

Antigone là-bas construit
des palais de cire
        abeilles aux abdomens
        velours buildings
seule        seau peau pelle
râteau, compas. appelle ! elle appelle

une serviette sèche au soleil – parasol
contre le radiateur
une plage crétoise serait à Miami Beach
Thèbes serait à Javon
La loge dans le grand salon

ici le fer à repasser dépose une
traînée de noir        encre de seiche
collant sur les cols blancs

un idéogramme

jour faste = c'est le renouveau du portrait, il paraît
– je lis ça dans le journal
le premier nu – le rendu anatomique
bête somptueuse trônant sur l'autel de
nos sciences aux ciels ouatés où tout est
modelé par la lumière – bonté divine ! et la beauté où ?

sur la photo la foule se presse vers la
main tendue offerte – l'enfant naîtra
sous les étoffes vertes – nos phanères
dans les moindres détails
de notre devenir de notre           vacuité

elle doit maintenant prendre un bain
et avancer à visage découvert

# nudité

première plongée de l'aube verticale
corps nu [aquatique] Sisyphe du matin
se couve dans les flancs – l'autre
quelque chose comme une forêt
orientale.
gris doux ce pâle, aurore entre les planches
        la passion et la
jubilation du savoir – entre – entre

regarde au travers des
lignes d'absences et des trouées
semblables. une prescience un vaudou
d'avenir                ici
un entrelacs, quelque chose de flexible
de cette patience
serrée aux bretelles bien
ajustée à la ceinture

entre !

elle entre

l'île est noire encore
elle se lève et regarde les mains et
les yeux clos
elle ouvre la croisée transpirant la nuit claire
lambeaux d'un sommeil, d'un
doute jeté sur la grande ourse
murs de briques et fenêtres lavées
tremblements subtils de la lumière
montante

boire [ensemble] le
vert sombre [encore] et l'arbre ruisselant
visage et bras s'écartant comme
par devant sur les emplacements, un discours
sans faire tourner la peine simplement
relever le défi
du noir et gris, puis blanc

au clocher, intimité portative, portuaire
comme si de rien n'était n'étaient
quelques façades quelques silences traçants
quelques brouillons à ne pas savoir
récompenser la beauté

et puis voilà
les mots – *l'explosif insondable*
la *force spirituelle de la boue*
anse baillante
[encore] d'une nuit éblouie
et les obscurités tenues dans les saloirs et
les plages insondées. elle espère l'ancre
– enfin
une chemise une absence
et le ciel déculotté

prairies et dunes ferventes
attendent la levée des soleils mouillés

rien ne meure et tout est au suicide. celluloses
et patinoires embrasées

apoptose et télomère

allongé sur le lit en pullover rayé gris-bleu
        l'homme
barré de rose comme un couchant
au-delà des brumes violettes

                        dort

confins du bleu
troupeaux de talus bondissants – printaniers
un ciel à grandes brassées entré
dans sa chemise
ouverte sur l'après-midi enjambée
pieds dans le sable – naphtaline
et la butée des sentiments
ardents – routes et [velins]
de bonne fortune
chemin des dieux luira
aux sortilèges des attablés

lors, nous quittons le banquet

# II

# manège baroque

elle dit –

d'abord, ne rien piéger qui ne s'embrase

un soir des lettres, un matin des lignes

découpées   physionomie du réel

face

à l'immensité, face

à l'ordre intimé

depuis toujours quand le gris enveloppe
mes pieds au carreau, mes rêves de santé
quand la colline se rapproche
des paroles évanouies, des poires d'automne
et des clartés épanouies
si je ne sais comment existent les saisons –
et l'été de la Saint Martin
comment s'élèvent les contre-feux
au bord des plaines de l'enfance
les traces de pas sur un ciment frais
la faveur de la nuit
les lucioles – encore

je connais le parfum des doublures
à l'intérieur des vieux manteaux
les granges où l'on entrait à pas de loup
le crépitement des orages d'été
où les saisons dormaient
d'un sommeil de plomb au
beau milieu du temps

un papier dégrafé envolé dans l'azur

d'un après-midi d'accalmie

rien n'est bien épais qui ne subsiste

depuis presque toujours elle imagine un peu
ce pas dans la charrue
ce lourd tribut de l'animal. ce
lourd tribut de l'eau aussi, épuisée à la rivière
et d'inexplicables roseaux entremêlés aux rebords
de ce bleu déferlant

elle dit –

depuis presque toujours ta chère ta chair
ta toison d'or maraîchère – ou brune sur les plafonds
tes serres tièdes comme des
poussinières plus hautes que l'envie – ou le désir plutôt
de gloire inachevée

presque depuis toujours bouquets de plus anciennes
violettes ou myosotis et le visage
sous la voilette. tout ce qui fut.

le voilà le secret face
aux silences aux chimères aux ombres

la voilà la patience comme
linge mis à sécher au pré
et que plus rien ne vient briser avec les jours
les frissons et l'arrogance des portées.

chiots de Bach ! ah les partitions claires !

quitte ce manège baroque et regarde
tourner la roue. regarde
les chevaux de bois, les cheveux
les corps hissés, oh oh !
[la jeune fille] – apparaissant disparaissant
dans cet asile de beauté crue, de [nerfs]
de longues traînées de paupières
closes à demi. eh bien eh bien

elle va s'approcher
tendre ce fil – elle le tend – à le rompre – tout est à vendre ici

et c'est invraisemblable

sur les pavés glissants et les faïences
absentes
Dédale S A V
la neige d'été encore le son profond du
plein amour ouaté

elle ne sait mettre en marche – ce dit
où elle se trouve
bien éloigné de tout ce qui pourrait
des commentaires

des feuilles de laurier dans le plat qui mijote

elle ne saurait tout embrasser
ni ne saurait à qui l'écrire   et pourtant dans la lourdeur
d'une tenture d'une blessure étrangère elle
laisse venir à ses genoux et dans ses bras
cette attentive prisonnière possessive amoureuse

impatiente de tout. claire
sur sa route pourtant
et pourtant pourtant

elle aussi elle braille dans la nuit
– elle aussi

les parquets cirés de ses musées
de ses chambres embaument de
leur son brûlant – silence ou plutôt

multitude d'aigus bourdonnant
circuits électriques

elle est l'apicultrice tombée dans la ruche
– un pain de vide – tiède et sucré
        enivrant comme la nuit

elle plonge sous la surface de ce
        bassin de miel
à grands bras rabattus – elle nage
et pose enfin son doigt au prépuce du
        ciel

pupilles et bouquets circulaires bouche close

une somptueuse queue de paon à la main

les animaux s'éveillent alors s'étirent et
commencent à tourner
lentement leurs larges pattes
et tranquilles marquant le sol
        autour du lit
griffes pelages frôlant l'avenue intime
où elle les suit imprudemment
ses mains légères sa bibliothèque éventrée
ses espoirs et la lumière à
la mesure du temps qu'il fait

éponge effaçant l'horizon
effaçant Dieu celui du printemps sous la neige
dans les forêts les bois

et les choses qui fanent à la jeunesse bue

éléphante élégante

belle endormie ton ventre lisse peuple la nuit
tu passes éléphante élégante
tes oreilles battant l'air doucement. tu as
des boucles et des prairies dans tes jupes
tu as le tournoiement d'un printemps
cette fureur à revenir cette absence vermillon
tu t'allonges au long de nos flancs tièdes
tu choisis ce mot là sur la page = ce serait

*jerrycan-blues*

un jour viendra où je descendrai me glisserai
dans tes bassins tes os m'y baignerai
un jour viendra où
mes hanches larges seront comme
des feux de porcelaine elles pousseront le temps
pousseront le landau où dort
l'enfant à l'arrière du vieux port
revient souvent le bleu et ce – cette
c'est l'enfant absentée
un voile de soie noire déposé
sur son visage
pour l'éternité

pourtant ce matin, j'entre dans l'espace nouveau
j'entre dans le temps de la saison
je regarde un lever un roi un soleil
je regarde la sagesse de cet arbre sculpté
la résonance et le silence des silex
je regarde cet éloignement somptueux
d'un rouge-queue qui bat
de la queue – justement parades exquises et réconfort
face aux hurlement des sirènes

des enfants poussent dans les ventres des femmes

je leur dis de chanter la lueur apparue dans l'espace
infini

j'aurais passé ma vie à cela = entrer

# III

# lucidité des frontières

l'œuvre d'art commence – ici
initiatique
où rien ne peut comme
un peuple perdu
un cercle évanescent un cri
un mouvement d'archet
pouvoir de la lyre la regarder
gonfler voilée la laisser
s'écourter
la découvrir changer la
couleur du fleuve
se déverser dans le jaune l'or
et se déployer comme
une arche

elle dit –
mon chant est ténu
mais il tient   il
m'initie sanguine à la
navigation   cette vision
défricher
un petit coin de pays
claquer des dents
faire souche et devenir peut-être
maîtresse fiévreuse de
moi-même

dans l'enceinte des grandes forêts
danser autour d'un feu et
les ondes lumineuses propagent
        alentour
ce qui fait mon sel et ma cadence

redevenir nomade
        barboter dans le cercle
fermé des vivants laisser
les guêpes s'obstiner à
loger dans ce mur et
danser avec elles à la tombée du jour

mourir à ce qui hante

qui donne le vertige ou
qui endort                     tout
ce qui fait partie de la nuit

on devine les bêtes on interroge
on ne sait plus à qui
appartiennent   les mots – les morts

on a le cœur qui râle, qui se
blottit qui
guette glisse rampe glapit déglutit

l'obscurité de caoutchouc
s'étire à l'infini

j'attends *l'aurore aux doigts de roses*
mais l'aube
la voilà

merveilleuse de clarté
qui ruisselle

cette divine enfant je vous en prie
laissez-la sauter de branche en branche
grappiller les griottes

laissez-la se moquer de
l'écho qui
cabriole dans les hélices
et les élixirs de taillis
embaumés de secrets

dans le rêve les
instruments seraient accordés
au clair de lune seraient
de plus en plus
accordés à ce que l'enfant
pourrait dire [les mots] la nacre verte
la plus vaste

accordés seraient à cette
couronne tressée de
coquillages blancs

dans le rêve les
offrandes
apporteraient
le savoir contenu dans
les arbres        lèvres au bord d'une
invitation à lancer les
défis
à dire à toucher à
éprouver la
lucidité des frontières

dans le rêve la
voile noire
serait affalée   les armes
un réveil à coups
de bec
apparaître apparaître pour
seulement
être   s'asseoir regarder
pleurer
pour célébrer
la joie

# entrée du chœur

d'abord, les oiseaux

non. d'abord le jour. par le toit

le livre
à l'ombre du jardin
face
à la porte ouverte   trois fils
télégraphiques trois
mouches

un dimanche si clair de clarté pure
chacun à sa place

les oiseaux, les voilà

l'ombre portée d'une chaise pliante
l'enfant
entre l'aéroport et la fin
de l'amour
la [jeune fille]

une mouche maintenant sur
son coude

dans l'idée    les hommes
les hommes au torse large d'hommes
se
superposeraient

un fondu

                                        sur
la table un peu collante
un chœur d'hommes, de femmes
d'enfants, de vieillards

quelques maisons à colombages
renversées dans le cours
    d'une eau poissonneuse
    un trou dans le feuillage et
les balles de foin au loin
la plaine presque
    ici comme
une clairière inhabitée
une balade aérienne
un chemin dans l'épaisseur
des souvenirs
    un océan de feuillages
une crique de
soleil innocent
et joyeux

accents de cailloux    la langue
        des chemins
les feuillages les coteaux
s'en va s'étendre sous un auvent
une passée de toit
un perron un muret
à portée de main les épines
les mousses
ce qui griffe ou
qui distille des parfums

aucune frange
      sirops
bourgeons ou racines ne
viennent altérer ce
sentiment
d'intense appartenance

quelque part
à l'arrière de nos songes comme
un cristal entrant dans
une composition infinitésimale
de l'amour [initial]
planté
poussant mystérieusement
dans la prunelle de
cet œil resté en arrière
un hier demain

passé passant ouvrant

# IV

bourlingueurs

nous sommes des bourlingueurs
plongeant, replongeant, frappant de nos corps
la surface
nous sommes des cétacés soufflant
mollement
bercés par la longue houle
nous sommes des animaux   nous
remettant sans cesse à l'eau
et laissant nos corps
à la morsure du temps
et du feu
naviguant au large
de nous-même le coin des lèvres
des yeux
piqués de sel
                vagabonds

et ce matin, encore, le chat
derrière la vitre

millions et millions hétéroclites d'inventaires détaillés

nous voilà de savoirs en mémoires
de jardins intimes en
nos secrets   parce qu'un mot suffit dans
                    l'espace immense
un mot identifié en cartographe
une verticalité soudaine un pur
fruit de silence      parce que
de l'autre côté s'éveille une
appropriation fervente   ou rageuse
une apparition un ardent courant une
maçonnerie la forme inédite d'une
histoire vibrante

apparition oblique
tout est là mais
                    quelque chose

s'efface

les boîtes aux chemises aux livres
tout à la fois en très petits
fragments éclatés
libèrent enterrant déchirant les racines et
le regard qui vise ne cesse
de grandir  d'élargir les alluvions

un nouveau paysage apparaît

# bigger splash

le fleuve est large anarchisant
un infini respectueux pour
cueillir la tristesse et
stupeur = la battre la bercer
la faire onduler au passage des rafales
piquant métalliques dans le ciel
argent pâle comme
un renouveau jouissif une
vie épique et délirante où les
nymphes légendaires aux rousses chevelures
suspendraient leurs torses d'ivoire
sur le fil aux oiseaux

là-bas dans le revers une chair
nuance d'or pâle à reprendre sur
tous les tons d'orages   intelligence profonde
à distinguer le trait silencieux
d'un visage aux formes d'Amériques

s'inscrire dans la lignée de
ce qui frappe et qui étonne à

l'écart de tout [modernité] sans faillir
invitation à décliner la beauté pure
huile consacrée pleurant
la solitude d'un souvenir incarné dans les muscles
et le grain d'une peau oubliée

communauté imparfaite fragilité
d'un monde échafaudé sans fin
la danse autour d'un *bigger splash*
on n'en finira plus du
corps sensible de l'existence
chercher l'arbre symbolique
entre quatre pousses d'une tragédie
impénétrable et brillante sujet
épuisé passé au fer

rouge centrale vapeur

# V

# un monceau de neuf

désormais, yeux écarquillés et esprit
grand ouvert le silence assis est
ici face
au vent terreux
les murs      les pierres anguleuses et
saute comme un cabri saute alors !

secoue chaque chose alors

              parler seule parle parle

toute seule alors
tourne au centre de la pièce
bras ouverts
drapeaux flottant claquant et
disperser autant les poussières
les trouble-fêtes les avents

là   être maintenant   être

pousse le songe comme
on ouvre un cahier d'écolier redonne une
acuité à qui veut bien parler dans une rue
        hors
les lieux sans marelle sans
attendre la solennité d'un royaume
poste de radio une chaise couverte de
vêtements de câbles électriques et puis

un monceau de neuf

voilà les couloirs les vastes couloirs aux
carrés colorés immenses interminables
et splendides couloirs une
petite pièce terre de Sienne pour dormir
                                une
amphore un assemblage sans fin de voix
l'obscurité peu à peu s'évanouissant dans
l'aube qui diffuse
                        ses ondes généreuses

une intensité sidérante la ronde
d'un String Quartet de Bartok
les bras bleuis de larmes lentes
non. le siècle n'est pas mort

nous habitions là
sous les poutres peintes derrière
les volets clos sur l'aube gelée
dans une certaine raison de vivre en cercle un
besoin d'aide un
soleil blême nous habitions
au centre des clartés sans que rien
de l'écho parce qu'il trouvait ça
formidable et plein de sève

nous habitions loin des falaises des
ciels crayeux tamponnés loin de toutes les
possibilités porteuses pour
absolument et absorber        et nous courions
derrière et la nuit même la cime la crête
qui vaille le déclic sauvage des
trotteuses venaient en azur de toi

en usure des toits roses – roses n'épuisant
jamais la pureté la
voix chaude, la poudre
la vaillance ni repentance
à la veille d'un hiver absolu
n'existant seulement et l'onglée
coopérative itérative du cœur

nous habitions loin des fenêtres éclairées
sous les danses et les passes et toi
parmi les pensionnaires aux
cadences assurées puisque tu es l'une
d'elles puisqu'elles sont parmi le
premier signe jet impétueux énorme
à ta robe carmin à ta robe corail
ta floraison ta solitude refusant
supplications et masques pour
entrer dans la transe chaque jour chaque
chose épelée chaque épicentre déplié
chaque crochet dans la langue toutes
ses charges et j'attendais
les ordres n'est pas en fuite de
toi n'est pas d'amour auquel on pense
avec ferveur et piété

Électrocutée à la pliure de la page

# VI

il dit ça –

*vous avez peut-être vu opérer une gare de triage ?*

*il y a de multiples voies qui descendent dans une pente très très douce. il y a un aiguilleur dans une cabine qui domine l'ensemble. il y a une locomotive qui pousse un train et les wagons se détachent du train. ils sont orientés en pente douce sans énergie autre que la pente.*

*j'ai l'impression qu'il m'est arrivé ça*

*qu'il y a un train. et plusieurs voies se sont ouvertes en moi. et les wagons ont descendu ces voies, aiguillés je ne sais pas par qui, mais pas par moi.*

*l'aiguilleur, c'est la grande force de la poésie*

*elle envoie les trains sur une voie où on voit bien comment ça commence de glisser mais on ne voit pas du tout où ça va se terminer.*

# dans la cabine

disposition des tables inventaire des objets
énumérés
nous aurions à ranger corps & âmes
à manger comme
des pélicans dévorant coquillages et molusques
tandis que des merles blancs
voleraient en direction
de la lune
odeur de miel   mystérieuse abondance
semblable à des huiles divines
à l'origan

mettre à couvert les litanies
qu'importe ce que je vois puisque
je mange à côté des jardins

dans la cabine, des calèches, des toits, un cheval
blanc qui trotte      une gravure et je dirai
ce qui m'arrive
on me livre des malles pleines
de
savoirs, de chevelures, de
violentes chevelures, chaque page me mettant
à terre, me jetant
au feu
en grappe
en ossature sur fond de filon métallique
blanc

un miroir d'aube ou de soir
une circulation obscure
un purgatoire au centre de la terre
un temps une
toile et d'autres tissages
encore

amusements microscopiques
rhizomes   listes territoriales
architectures   sans début ni fin

dans la cabine, des arbres, de l'asphalte
de la terre et des chaussures vieux rose
exiger le sentir    le sentier
confiture de Bernard Noël
        sur l'étagère couleur prune, une bordure
prune, oui
        ou de l'abricot je crois
peut-être la manger
pour ingérer des inédits, pour l'atelier
pointé vers le sol, mon pied droit
dérive        aucune eau        un sac
Kusama veille au sommet        Simone
love you love you
tasse, sable, mes partitions inachevées
j'entends un chien
                                au loin
ciel gris        rare sur quatre notes
pierrot lunaire et
le petit soldat = moi

eurêka !

alors c'est ça : euréka !
Samson est une femme ! oui
qui veut suivre les méandres
enchantés de son cœur. et Manoach enfante une fille
extraordinaire. elle épousera qui elle voudra philistin
capucin. elle est lionne et reine des abeilles
ses cheveux courent le long des rivières
des torrents bouillonnants – des sources
tresses lancées de la terre vers le ciel
elle chante tout le jour et danse et lance encore au ciel
ses ruches et ses
trente parures et ses trois cents renards
celle qui mange vient de celle
qui parle mais parce qu'elle lui plaît.
le fort du doux. quoi de
doux plus doux qu'une main ? quoi de fort plus fort
que les champs ravagés par le feu ?

= se promener simplement nue sur la route au [tracé] disparu.

à la fin de la course dans les fossés, énigmes, chèvres et chevreaux, sevrages, opérations propitiatoires. elle jette le dé – porte enivrée de nos saluts. la force donnée de renverser les colonnes    scander les chemins à l'affût des trajets dans un foyer incandescent de mots, de sons, de baisers, de pardons. ciels nouveaux entaillent la matière – kidnappings dans le wok
temps expansé au cœur des combats enluminés. vivre bien sûr, vivre – frissons, clous étagés, simples et éternels. décalqués. muets

elle regarde cette *flamme noire qui monte au ciel comme*

*une flèche crue*

presque depuis toujours
nos
ombres dérisoires assaillent
mieux qu'un autre pays

presque depuis toujours

    elle cherche

le sien, le loin, le mieux caché
l'onctueux violet
volé au firmament
aux insectes obstinés
aux lampes vibrantes au fond des corridors
aux bousculades
de sauges [de sang] coquelicot
embaumant le matin

tout ce qui peut advenir
une vie, comme
un serpent enfantant

    la beauté

les plus belles récoltes
en désobéissances con
sacrées
sans grimaces ni hoquets ni
mâchoires d'âne
ni flambeaux

et pourtant le renard
      serait passé par ici
cette nuit

constance sous la ligne
abstraite, moisson transparente
avoir de l'eau jusqu'aux genoux
et entrer à pas de loup

# VII

# à pas de loup, j'entre

dans le poème à l'endroit même où le bois cède
sous le pied – il dit – attention !                ça
flanche
sous la planche, alors j' – essaie quand même
entre ! et ne crains
                                ni de faiblir
ni de flancher
théâtre – déjà toujours *la ralentie*                la
lumière
qui vient du faible elle aussi
                                                    sur la nuit presque
noire lunaire aux établis.
                                                    genêts.
silence. épis. miel. je
chevauche dans la blondeur
                                            des cornes douces des béliers
des doux agneaux de laine
                                                                le
ciel s'étend sur un plateau de brumes

grenades

fraîches lavées

dégoupillées

azurs et

cendres aux franges des

chemins. iris

– elle regarde les

filets d'or et

les soies, les ingrédients

de la patience

dépliée céréales sauvages

graines

fortune en proie à la pluie

incessante et fine.

manne fertile, odorante

flore des asphodèles

divinités étendues à la

terre

éclatée

révérence des belles de onze heures – leurs cuisses humides tendrement print print encre du ciel descendue en courtoisie trois couleurs mésanges conviction de soupirs dans les parfums du bois elle sculpte l'aube jeune dans le tronc du vieil arbre, loriots, siècle de dés d'angles de luxuriance de cèdres entêtants flacons et cartouches dans leurs manches azurées – leurres, mutineries, transe à faire pâlir la surface d'un plan vaguement incliné au couchant bruyant pourtant. la photo est beaucoup plus grande, le regard attend – le regard la pluie d'insolitude confiant à l'averse à la folie tremblée. sarcophage de l'au-delà, un rétréci – d'ysle. tout est minuscule dans le la de là et d'un ici immense. le merle chante à s'époumoner. les femmes dansent avec elle qui sillonne d'un pied sur l'autre à l'écran bleu du poème. sourires offerts au ciel, flancs, fesses, paillettes et leurs sexes embrasés – la porte bleue entrouverte claque sur l'océan des draps

retourner à

Sorek et aimer une

femme – *de*

*la chair fraîche de la chair fraîche !*

trotte torrent

fertile, huiles, encens et

elle termine

deux lignes – ou trois

portes

entrebâillées

et

volets tirés à demi

elle dort

sur des genoux affolés comblés

de sève printanière

elle tourne

sa meule, sa *pioche à solitude*

et laisse le

jardin à son désordre

adolescent

festif méditatif

poésie fréquentant les

enfantins – des jeux

conserver le

hallucinant des

admirables qui parcourent

apprentissages les mémoires les

[volontaires]

dont on fait les romans

collectif

moteur d'une

les abîmes

exemples

et du langage

vertige

spectacles

les

disparitions

les tissus

le souvenir
d'*Amazing lane*, l'idée
l'effleure – *l'idée* d'y
retourner, d'y creuser le
béton
d'insolites ferveurs la blessent
au thorax à
l'heure où la syllabe plonge
où elle jette
alors les mots des livres savants
ni l'encre
non plus. d'iris drogues dures
n'osent rien
sinon qu'elles
ne savent
haïr la loi et guider le
chagrin
milieu du gué pour le printemps
– les
lauriers ont [gelé]

les femmes, les *lieux du laisser-être,* elle apprend aussitôt fait à actionner soulevant ses jupes et l'envie que le tonnerre la blesse. lampes de verre et ce matin poignant par l'aube, elle part, le cœur content l'âme tient la beauté par la nuque la campagne pleine et les vapeurs d'essences. nos combats peints d'azurs. brandis, les ponts. soufflées – deux fleurs chinoises roses à l'en-tête étonnée d'un désir éperdu de faire vibrer les chants. voilà l'ombre appuyée magicienne transie sans musique voilà la femme à prendre voilà l'irrésistible l'extrême vanité des filles symétriques bals et sables, le suivi des absences. pâleur de chasteté le moteur désirant à la hanche brisée, passoire de vanité précurseurs de savoir, venez ! venez les chœurs dénuder les chansons psalmodiées ! nuitamment hommage aux magiciennes ! une aube suit la nôtre les nuits trouées les jours cloués sauvages et les calanques amères. le rêve et la chute rendant possible l'art. hommage aux magiciennes ! elles retiennent le sabre saignent à blanc l'archi-zone et leurs demains. visages désormais où l'espérance à prendre est à laisser plus loin sur le flanc des ravines. alors la jeune fille va saisissant l'homme, chevauchant les nuées aux couleurs de blasphèmes la femme

aimée sera yeux

bleus et bec

cendré, pays choisi

contrées

d'ouest, spectacles

fascinants –

bien plus ancrés qu'

horloges à

l'aube

d'un printemps.

moléculaires

et régulières

mouettes

à longues

ailes effilées

dans l'amour et les

leçons

[ultrasensibles]. dernières

d'une

grandeur inavouée

elles

tournent au-dessus

de l'eau –

éblouissement sacré d'un

séjour sans

limite

ce qui
frôle léger
emportant le chemin
et
vole en vie nomade normale
nous – nos dérobades entre
nos mains et
poussant l'horizon
nos reins
sans désordre
[apparent]
miraculeusement
nos pieds
tendrement ce
temps recueilli. il n'y a pas
de
voiles pourtant
noires
jusqu'à ce
plein soleil aux yeux d'or
j'aurais tout
encerclé sans compter l'arrivée
de cette jeune fille
dans l'abord du poème

et la voilà,
une

dentelle, une promesse et le soleil

enfin qui

monte monte

point de fuite de

pleine candeur folle – elle vient

ouvrir le jour
sur une paix entière

sans nuances
sans artifices, seulement

qui serait de
son temps

incontrôlable beauté au ventre

lit une chaise – un broc

velours de

coquillage simple

poulpe

douceur d'un bras sur une bouche

d'une main aux lisières de

ce jour admirable
de

ce

dos d'homme dormant qui la trouble

dorénavant

alors elle
veut
distribuer du ciel encore à la volée
et des urgences –
des notes et des corps
larges comme
des écharpes de terre
des temples
déliés et
joyaux de saphirs
des cécités
claquées, brèves mais
endiablées des
effractions
des
[constellations]
et ces accents
démesurés à se vouloir
puissante et
douce et bonne – à découvrir
la beauté des
parois
de ses avens
et cantates
à
désenchanter la noblesse
de ses
mystérieuses défaites

corps dressé, levé de tout de traces cherchant la joie – allégresse et le froid pourtant encore envahit les étages les autels les rivières les astres noirs les murs abandonnés sur une île océane ignorant les tapis défaits – quelques mèches oubliées dans le fond d'un tiroir. je cherche confusément ce miracle au chevet, cet atelier, cet arbre ou archet perdu entre les épaules du vent, matins enchâssant l'air d'une pâle insolence la porte jappe au merveilleux silence aux ciels, aux firmaments aux bras tendres et avides à tout ce qui contient la lumière des fenêtres à ce qui est perdu regarde l'oiseau au sommet *poteaux d'angles* regarde s'élargir la lumière à l'usure, entre les ailes faire le jeu du plein ciel à l'amour du dieu Pan il faut encore pétrir la patience et la trêve attendre que les prés gagnent et mangent l'aube attendre d'adorables années sur le seuil où les petits viendraient encore – alors – peut-être une eau fraîche dévale au réveil de l'agneau onde claire courant aux pierres acidulées aux mousses aux herbes folles aux torrents de l'enfance et les petits Michaux dansent sous les paupières un matin chasse l'autre une vie à la sienne le grand vide éructe ses tonnerres identiques descendre l'escalier et manger ses carnets au coin assise en haut des longues marches blanches. attendant. petite. le ciel a tout repris chaque saison la sienne et la nôtre – la mienne à couvert et l'éloge à l'encontre de belles Amériques je vais gagnant divagations et préfaçant et déambulatoires et cahotant et pire retenant dans ma main le noyau de nos terres

lalala lie la

*

demeure et demeure
: le mensonge des dieux

et Dalila ? – demande-t-on, alors
le voilier sort de la rade et s'en va hors le môle

*

la falaise s'effondre au passage
sacrifice du dieu sauvage

un dieu ? peut-être, au hasard de
lalala musique ignorante, lalala lie la

*

et puis, tourner *la dernière bande* et
perfectionner son œuvre –

dormir sur les émaux &
se brûler les yeux

*

tourner la meule pour
éviter d'être un génie lalala lie la

désintégrer l'harmonie
bombardée

*

rebroder les jours dans une
opportunité de courage &

parvenir à cet éveil
de l'ignorance

*

peut-être, mon amour, ne serai-je pas enterrée
là – avec mes enfants ?

peut-être écarterai-je
les colonnes à mains nues ?

*

peut-être aurai-je une chevelure de nazir
et garderai le sens de l'aventure

de l'enseignement
des rêveries de cohéries – des côtes brunes

*

peut-être la contemplation des fleurs sauvages
& écraser les lentisques

entre mes doigts du côté
de la frontière aux oiseaux

*

alors je serai le bon sauvage ap
prenant la patience des saisons

nour
rissant l'oracle de mes vertus

*

be nice – et la patience c[ré]pue
s'enfoncera dans le profond du bleu

dans le champ du chant plein à
folie des saisons jaunes – et des paons

*

et d'un manque cruel
pourtant naîtra le pas des moines [bleus]

sur le sentier – à l'arrière – là, où
les militaires ont perdu leur vertu

*

le sauvage le poème respire le grand
large et le vent du levant, s'é

broue [se cabre] il s'arrime
à sa croupe légère

*

pour deviner [ce] qui viendra – ce
que pourront les voiles blanches

les chamanes hirsutes dansant à
la lanterne de nos cages

*

il faudra d'autres mains ouvrant
les portes de la nuit

d'autres chants pour la note
du petit-duc – est-ce un mi ?

*

d'autres fièvres et d'autres inquiétudes
d'autres aguets d'autres peurs de mourir d'autres

baquets d'eau fraîche attendant d'être
saisis pour la vaisselle – ou la vieillesse ?

*

d'autres ports, d'autres campings sauvages
d'autres palmiers au bord d'autres rivages

d'autres méditerranées
d'autres missiles attendant aux collines

*

torchon de lin, un pot de Nescafé
sac en papier contenant une pêche [blanche]

toi = mon amour, assis – nu et
lisant dans le levant d'un matin clair

# VIII

# le temps dans la fente, 11 poèmes

1

de grandes mains – par instinct de nudité –
sensible

une brume corpulente, une peau douce – incertaine
les dés dans la manche – une beauté

arpenteur sans trêve – un rêve de jardin rendu
à l'atmosphère
des amants, grands, partants – ils marchent d'affection

une existence à pas de loup et le temps dilaté –
dans la fente

2

des cieux, des lieux, des mets et des écumes

un plancher évidé, un orchestre enchant

eur, près de l'étang, face au grand saule, ils cillent

3

sous le grand ciel les grands mystères – où vaste
beaucoup de *grand*

défient les transports, évanouissements multiples
et prolongés !

nous opérons, ils opèrent.
fenêtre ouverte sur les autels de la ville mont
    ante, je tente – je
    la bouilloire, la taie, le bureau plat de bois
les étourdissements, les cubes épars de béton frais
    chacun dans son endroit – de rêve, chacun
    pansant ses plaies, ses nuits de rois défunts
    ses soleils
    assoiffés.

4

délicieux glissements, pointes acérées clignotent
au levant lavé   la mécanique des fluides laisse
apparaître les coutures, les franges
cœur dressé-serré
les fractures et superpositions.
jeune fille irradiante enfante la planète

poétique musicale, dissection sauvage

périphérie de la folie
alphabet blotti au cahier quadrillé et c'est plutôt
ahurissant qu'elle reste simplement là
qu'elle soit comme
une pierre jetée restée en l'air
qu'elle erre dans les collines
les ports – que les corneilles s'en moquent, que les âmes vacillent
devant tant de patience

elle m'impressionne          ne me regarde pas

je t'achèterai du tabac si tu veux
et des couleurs aussi
des bleus comme aujourd'hui   avec un peu de gris
une pâleur à s'évanouir de beauté –  une trans
parence à détaler comme un lapin

5

au carreau, laisser entrer dans [l'air] la chambre

la pièce et ce qui est là, tout de suite

avant même le froissement du papier, la langue les
voix remarquables. propulsions atomiques automatiques
arythmétiques du cri du nouveau-né dans la nuit de septembre

et le parfum capiteux de cela
des évasions particul
ières ; des rapprochements et des premières incursions

dans le réel

6

division ornementale, enchaînement exalté
spectacle total, office religieux et le cimetière à nos pieds
contrebande de monstres, détail érotique dans un monde
aux versants translucides. un monde aux phares *sans rides*
        où je cherche
les outils sur l'établi de mon *gai-savoir*, sans prolifération

répétitive, avec une sérénité joyeuse
comme derrière ce qui reste opaque = les citadelles
les nœuds ferroviaires
les murs ou les vaisseaux sur lesquels on marche la nuit
par accident – lego sur le tapis – un tigre vert
étoile de mer
peau de bête sauvage clouée sans trêve aux murs bleus

de l'enfance

Tintin jette l'éponge et puis le fleuve et puis les nuits
et les questions
et puis marcher tout le jour dans le noir
et puis manger boire manger manger
*aimer boire et manger voilà les trois vérités*
et questionner l'inquestionable figure de style
une proposition :
*pouvez-vous décrire le processus d'écriture* ? ahah ! elle est bien bonne !

attendez [sur le paillasson] j'ai oublié la clé

pose la main sous le nombril en regardant la lune
j'attends que le jour pointe, mêlée
mouvante d'un monde blanc-gris. ici, se lève
le [ciel] oublié

## 7

sommes alors dans la moindre des choses

l'amant va craquer l'allumette

la maison d'été déserte et tiède
le lit le blé le gué. étoiles roseaux chemin
aigle et arbres sur la glace – oiseau de neige
chantier salubre et bec de        paon

8

quelquefois, ce sont des sentiments pudiques la
grande chose à ne pas [manquer] qui – une sonate
l'intelligence, la pureté. la beauté exemplaire =
admirable serviteur, touches

éblouissantes de sororités d'un haha platonique
une voie possiblement
douce et simple comme un rayon, un microsillon
un après-midi sur le plat du bois de Boris, sa haute chaise
blessant mes fesses

le plafond bleu, soleil aux croisillons sur la terrasse et
dans le bac à douche la trace [le signe] la faïence
et la chance d'être au monde pour vivre
cet instant de grande félicité,

ce grondement sourd de l'âme

9

territoire chamanique, quatorze prises électriques, trois fenêtres

une porte-fenêtre, une marche de bois

les guêpes sont en-allées dès la dernière bouchée et toute indication d'instrument est bannie ; les costumières traversent sur la terrasse et chérie chérie ma chérie

## 10

voilà pourquoi quand un tel soleil se répand [il faut] quand
il n'y a pas de solution au cœur du vent – ailes du moulin
à l'arrêt
savoir se saisir de l'instant, de l'audace, du charme espiègle des

[fantaisistes] et du bois des armoires qui craquent
— je dis cela encore :
on y gagnerait souvent ! on y verrait des sourires ravageurs et
des nains de [céramique ] rue Blanche. on y verrait

des espaces premiers, des saisons sans partage des
sommeils avant l'hiver une chanteuse de musette et puis
la pluie d'été puisque c'est encore
l'été

# 11

les machines parlantes, les arabesques, les appétits

voyages, *Pathé Marconi* et la voix de son maître la

distance qui les sépare, les capitulations parfois, les injonctions – les accalmies ou les fièvres

# IX

# une forme, 3 poèmes

1

intimité tressant des fleurs pour englober le monde
ta main, tes pieds d'homme
borne kilométrique au chemin
pâle, au gris cendré bleuté de ce matin entre
ciel et lune
pierre à fusil, la hache dans la cour
et comme une anémone apparaître telle qu'en
soi
ne plus distinguer si le cœur
s'ouvre ou se déploie ou
se replie
la *virgulente* n'y peut rien
et ne détournera d'un sort heureux
un frêle esquif, une souris prise à la glu
ton corps d'homme maniant le poids
de l'outil
puissance du fond des âges lentement
revenue
lit ce soir dans le halo
*Walden*

tantôt tu portes un collier de nacre
adoptant une allure de roi et
domptant les géants
                enfin porté en triomphe
une pointe fichée au cœur
tantôt tu ne regardes plus dans l'épreuve, tu entres
à l'alimentation générale, tu
romps les mailles fines des derniers attachements
        tu ranges tes filets et
t'en vas aux parures des bois, aux lierres
                d'or
aux frais bocages, aux nids.
                tu portes une main sacrilège, tu bois à
ras-son-bord la lune et encore et c'est alors
que je danse aux parfums des vents de violettes
pieds nus sur les écorces fraîches
de notre longue chambre à coucher

## 2

qui frémit ? – qui tremble encore ? j'écoute
le cliquetis, papier froissé de nos feuillages
d'automne. nos rampes, nos branches, nos approches nos
abîmes à pleins bras – mésanges

l'aspirateur gémit dans l'escalier, roule
se cogne dans la brume tout
est infiniment loin, tout – déchire l'air tout
s'invente à chaque courbe

l'espace est à la porte – crie
mord la muraille du ciel entend
à chaque nez de marche heurté que
l'ordonnance ne
suffira pas pourtant

l'assaut est pour demain
il faudra se vêtir de
parures grossières, de sacs, d'épaules
larges

il faudra appeler les chants profonds
du grand large, les paumes jointes vers
le levant, les plaines chaussées de soie

appeler aux sillages des villes et
des menaces vaines. j'avais un jardin j'avais
l'éclat. j'avais les contours
et le privilège du radeau

pourtant cette chambre
ces odes, sans moquer
l'aube. choisir le silence et
les paraboles

la graine de moutarde et les oiseaux
parcourent les griffures et reliefs
du ciel – ne se partagent avec personne
puisque le royaume

et quand viendra la nuit
le monde ébloui changera et par-delà
l'être de ce qui dort ne vient
se poser sur ton torse soulevé par les rêves

je peine à peine crie
de n'être que tampon, coton
jamais *paintings for the future*, Hilma

n'être que buvard brouillé
maison de sable ivre
de nectars vides et vains
mutinerie absolue de minerais enfouis

les arbres la dis – tancent au
sens strict, sans cri – pour le *coup de dés*
sans impatience nous laissons nos
téguments sur l'herbe noire souillée

arrogance du végétal indifférent à
nos flèches nues montant au bleu
le dieu des pluies et des vergers, peinard
allongé sous la treille

3

manteau noir d'Isis
pour s'étendre au pré. et pourquoi pas, un grand événement
à l'image de la rencontre
et de nos – immanences
impatiente à les chausser, coiffer, vêtir
à remplir nos tonneaux d'huiles et de miels
à faire provision d'histoires
à faire surgir des eaux noires
la barque à solitude
la rame au clair de lune
corps féminin à la proue
beauté étincelante
et mystérieuse Jérusalem

regarde mieux au-delà des remparts
l'amour qui parle dans la nuit
dieu nageant sur une mer bouleversée
à qui je te confie
lumière de l'océan

il n'y a plus de ciel et l'image est creusée à
même la brume
        au bruit de l'eau et des
traînées, la peau à pleines mains
nappe le contrejour d'une proximité solaire d'une
étendue singulière du lit et
        d'une pratique de jouissance
        restée à la frontière
constamment habitée
        de photographies, bijoux
de linge rentré en hâte – tu dis
        tu dis – il pleut, je n'irai pas marcher
regards
        entre pupilles et verre
les heures cotonneuses
les empêchements, leurs interstices

je dis – il pleut, je dois voyager

(sortie côté jardin)

# X

218 lunes andalouses

5 février, dernier quartier
coefficient 53/61

passé le détroit voilà
    le testament
fossile du tableau    la chance
de trouver pour cette nuit le sens de

navigation entre la mer
    et l'océan
les astres aux pouvoirs
pétrifiants.    les nuées

calligraphes
forment cercle    les balcons gardent
leurs secrets    rien ne transparaît

encore
et l'enfant glisse docile
de la béance maternelle

6 février, dernier croissant
coefficient 52/54

langue sacrée   tiroir
magique de l'enfant-chamane
un animal !
alphabet imaginaire pour la nuit des fléaux
bouillotte accrochée aux
étoiles   j'ombre
les mots de
l'écriture
pour qu'elle danse l'insondable
signal
indéchiffrable d'amour
[alors] viendrait une levée
de ciel   valse lente d'une
improbable palmeraie andalouse

7 février, dernier croissant
coefficient 57/62

tombe ! horizon fantasque – un jeu
sur une bosse de
la lune torse
enveloppé son foie
sous la compresse humide et chaude – elle trace
un signe à la main
comme on dévore infiniment les choses
sensibles. néant
d'un dimanche sans voix
où la nudité serait
[promise]
où le détroit serait le passage de
la langue
pour redonner *le goût de l'eau du Styx*

8 février, dernier croissant
coefficients 66/71

comme on espère l'indicible la
barque à fond plat avance sur les eaux
                    vides
s'approche de l'infini
comme une audacieuse pelle à charbon
ramène un à un les boulets
    tombés
autour du seau. l'enfant erre tout
*barbouillé de nuit*
voudrait couper
les lettres par
l'horizontale et parvenir au compte juste
deux-cent-quatre-vingt-six virgule
    cinq signes

9 février, dernier croissant
coefficients 76/80

et puis  d'affectueuses écumes
aux bétons
mélancoliques
un abrazo molto fuerte
dans *une douceur de velours un peu*
*jalouse* amertume des eaux du
fleuve noir où désormais
elle nage
l'humanité bourrue décide que si
Cupidon s'en fout, elle aussi !
l'infante tire pousse – la barque
antidote parfait
la vallée pleure – être lisse, impénétrable
et tout à fait brisé

10 février, dernier croissant
Coefficients 83/86

membracides – insectes-masques
structures intimes de
la matière
langage liquide s'échappe d'une
poche de la jeune fille
sur le paseo un papier [froissé]
blanc aussi un rendez-vous ?
passage d'un moineau à calandre cuivrée
un compotier en terre
sur la hanche, elle fredonne une
glossolalie d'Hildegarde glossolalie
l'infante fredonne elle aussi
la lie la
glo glo

11 février, nouvelle lune
coefficients 88/90

la lie la lie
        glo
chignon soigneusement enroulé
sur la nuque féminité divine    auburn
        elle dit que l'infante
est douillette    elle a l'expérience des plaies
        pastiches        stigmates
et pourtant l'enfant chante
        son chant hémorragique
hémoglobine sous la tour de [contrôle]
exploration poétique du vide
        codes magiques
        essence même des lunes
la lie la lie la glo la lie glo – glo

12 février, premier croissant
coefficients 90/90

les draps se gonflent sous la brise marine
pression 1023 h Pa, état actuel pour la pêche
très bon
en ascension    très bon signal
activité importante prévue
vent 6kms/h NNW (330 °) sensation thermique
15°
la lie la lie glo
la lie glo
la condition humaine a mis
son bonnet de bain et nage au lointain
l'humanité fait ses longueurs
nage indienne et brasse coulée la lie la
glou glou

13 février, premier croissant
coefficients 88/86

appuyée contre la paroi, enfance taxidermée
coulures de bielles et décibels   mon
cœur en grosse cylindrée – une américaine
roulant au pas Dodge Cadillac
ou plutôt
Oldsmobile 49, glo glo glo
lentement le long
des haies impénétrables
villas coffres-forts
Californie
à Gibraltar
végétation comme
un pan de chevelure   barrant le front
du ciel   nuées au cœur de pierre

14 février, premier croissant
coefficients 84/80

un
miracle liquide   un bol sur le plexus
un alliage      une alliance
une expérience sans prétention
[il dit] la complaisance de la couleur
      la coulure encore et la
simple arabesque des mots
en liberté, dans les taillis – terrain vague
au fond d'une cage
                    de football
                    ou des entrailles d'un
cochon écartelé dans une cour de ferme
le geste le geste poussé au-delà
                    des toits

15 février, premier croissant
coefficients 77/72

et dans la chaleur énorme brûlant
        les corps        les tuiles
vernissées vertes
voilà    [le cri] monte
avec la rumeur, enfle
les voiles
les tentures, les jupons, les vases
les pactes, les déchirures – se gonfle encore
        puis rien.
        l'enfant s'avance vers la mer
avec son seau avec        le jour descend presque
nautique –
        jouissance de tracer un signe
un horizon mystique

16 février, premier croissant
Coefficients 67/62

trois playmobils sur
        la table à roulettes
ensuite entre en scène
        l'absent
foudroyé on dit c'est un jeu   avec les morts
        invisibles sanglots
        regarde, respire, observe
le vide au centre      l'enfant le seau
les bras tendus      de longs rameaux
un interstice      savoir
        qui la bercera comme
        la pierre
qu'on lave qu'on habille jusqu'à
        faire entendre sa voix ?

17 février, premier croissant
coefficients 57/52

mémoire des formes   chaleur d'un
retournement
comment
se convertir ? les grues tournent
soulèvent blocs et poussières
érection dans le ciel calme
ce qui peut s'accomplir ce qu'il lui
donne
à entendre   mains sur les oreilles
et
une colère à tisser
des robes d'impératrices
et la douceur qui suit comme si [mille] sons
de mosaïques

18 février, premier quartier
coefficients 47/42

alors j'emprunte à l'arbre
        sa règle – balistique
ses nœuds        feux        ses visions toujours
à prendre        [musique] végétale

manière d'accord
de cabanes        d'un pli dans la chair
        du bois
tronc        futaies        les voix
derrière
les bêtes à pister        le géant aux sabots
        berce l'infante
                chantonne
                dans son sommeil

elle pourra aimer les géants

# le détroit

elle est assise là infante au pied des roches noires falaise dure dune lit, elle nous regarde on la regarde humidificateur vêtements empilés en vrac voudrait des histoires falaises – la jeune fille entre *côté cour*, accourt, où ? apporte un broc crucifié d'eau, de lait ? *on n'y voit rien* – hé ! hé ! traverse le plateau – sort *au jardin* seulement le broc émaillé on attend on regarde le broc on se demande qui prie là-bas au fond le long du dernier pendrillon qui psalmodie tout bas quelle est cette prière qui monte dans les cintres savoir qui prie dans le silence puisqu'on peut justement prier et puis cette danseuse de Pina qui court en tous sens sur le grand plateau ses talons-aiguilles dessine des trajectoires comme les jeux de doigts des enfants avec des fils de laine la jeune fille revient stope reprend sa marche automatique apporte un coussin regarde l'enfant aux yeux délavés bleus – ou verts grands *vers* les mains potelées les pieds les pieds tend les bras les bras la jeune fille passe au lointain de l'immense océan remonte en bord de scène une couverture sur le corps de l'enfant une couronne sur la tête de l'enfant infante princesse minuscule se tait – toujours tend toujours les bras la la lie la glo ce chant céleste la jeune fille regarde l'enfant penchée respire respire soulève dépose un baiser sort la jeune fille entre et sort apporte reprend, la lie la lie elle caresse la paume de la main – des [mots] s'en va avec les chevaux la foule des figurants les tombes comment figurer le cimetière le monument ? l'enfant n'a pas encore de cheval le soleil se lève sur la baie de l'autre côté c'est une baie large ouverte profonde infinie il y a toujours des baies quelque part des mouettes et un soleil d'hiver plus majestueux un ciel d'étreinte plus mélancolique une mer à quitter un océan aussi – un océan à gagner et une enfant qui chante – chacun dans la bouche de l'autre – chant céleste la corneille 169 [veille] et puis le silence pas de vent les eaux sont plates et pleines tout le monde attend

bouche ouverte bée le jour s'élargit avec le ciel et la marée montante une digue de l'eau même et l'infante bras tendus apnée avant le chant il faudrait absorber tous les objets et en faire une musique – Zukofsky et son grand « A » voilà deux escarpins côte à côte – la danseuse court de plus en plus vite attrape au vol un sac de plage fleuri avachi un chien traverse le plateau court dans les flaques – renifle aussi l'enfant – s'en va en fond de scène disparaît presque aussitôt, sa queue sous le rideau. une lumière crue descend des cintres. je te crois tout est cru au royaume de l'enfance.

NOIR

mes profonds remerciements vont à

Yves di Manno pour sa confiance renouvelée

Florian Brennemann pour son regard et sa collaboration amicale à la conception de la couverture de ce livre

la citation p. 94 est extraite d'un entretien accordé par Dominique Fourcade

la citation p. 110 est de Bernard Noël

TABLE

DANS LA MÊME COLLECTION

*49 poètes*, un collectif
Maxime Actis, *Les paysages avalent presque tout*
Claude Adelen, *Légendaire*
Claude Adelen, *L'homme qui marche*
Laurent Albarracin, *Le Secret secret*
Anne-Marie Albiach, *Mezza Voce*
Anne-Marie Albiach, *Figurations de l'image*
Anne-Marie Albiach, *Cinq le Chœur (1966-2012)*
Gérard Arseguel, *Portrait du cœur sous les nuages*
Auxeméry, *Parafe*
Auxeméry, *Codex*
Auxeméry, *Les animaux industrieux*
Auxeméry, *Failles / traces*
Philippe Beck, *Dernière mode familiale*
Philippe Beck, *Aux recensions*
Philippe Beck, *Dans de la nature*
Philippe Beck, *Chants populaires*
Philippe Beck, *Poésies premières*
Philippe Beck, *Opéradiques*
Philippe Beck, *Dictées*
Philippe Beck, *Ryrkaïpii*
Mathieu Bénézet, *L'Océan jusqu'à toi*
Mathieu Bénézet, *Détails, apostilles*
Mathieu Bénézet, *... Et nous n'apprîmes rien (poésie 1962-1979)*
Mathieu Bénézet, *Médéa*
Mathieu Bénézet, *Ne te confie qu'à moi*
Mathieu Bénézet, *Premier crayon*
Patrick Beurard-Valdoye, *Gadjo-Migrandt*
Patrick Beurard-Valdoye, *Flache d'Europe aimants garde-fous*
Pascal Boulanger, *Martingale*
Pascal Boulanger, *Une « Action Poétique », de 1950 à aujourd'hui*
Pascal Boulanger, *Tacite*
Raymond Bozier, *Bords de mer*
Martine Broda, *Poèmes d'été*
Martine Broda, *Éblouissements*
Martine Broda, *Toute la poésie (1970-2009)*
Jean-Luc Caizergues, *La plus grande civilisation de tous les temps*
Jean-Luc Caizergues, *Mon suicide*
Anne Calas, *Littoral 12*
Anne Calas, *Déesses de corrida*
Gérard Cartier, *Le Désert et le Monde*
Gérard Cartier, *Le petit séminaire*

Gérard Cartier, *L'ultime Thulé*
Gérard Cartier, *Le Voyage intérieur*
Nicolas Cendo, *Dans cette obscurité*
Nicolas Cendo, *La Verrière*
Bernard Chambaz, *Entre-temps*
Bernard Chambaz, *Échoir*
Bernard Chambaz, *Été*
Bernard Chambaz, *Été (II)*
Bernard Chambaz, *Etc.*
Bernard Chambaz, *Et*
Bernard Chambaz, *e bientôt muet*
Marie-louise Chapelle, *Prononcé second*
Thomas Chapelon, *Guérissable*
Ivar Ch'Vavar & camarades, *Le Jardin ouvrier (1995-2003)*
Ivar Ch'Vavar, *Le Marasme chaussé*
Claro, *animal errant, retour d'abattoir :::*
Muriel Claude, *Arrangement floral*
Philippe Clerc, *Tuer etc.*
Philippe Clerc, *Rendez-vous sur la Roya*
Philippe Clerc, *Johannes, Hermann*
Jean Cordesse, *Le Cerveau de l'enfant*
Fabienne Courtade, *Il reste*
Fabienne Courtade, *Table des bouchers*
Fabienne Courtade, *Le même geste*
Fabienne Courtade, *corps tranquille étendu*
Jean Daive, *Le jeu des séries scéniques*
Jean Daive, *1, 2, de la série non aperçue*
Jean Daive, *Une femme de quelques vies*
Jean Daive, *Onde générale*
Jean Daive, *Monstrueuse*
Jean Daive, *Crocus*
Jean Daive, *Monoritmica*
Henri Deluy, *Poésie en France 1983-1988, une anthologie critique*
Henri Deluy, *Premières suites*
Henri Deluy, *L'Amour charnel*
Henri Deluy, *Da capo*
Henri Deluy, *Je ne suis pas une prostituée, j'espère le devenir*
Henri Deluy, *Les arbres noirs*
Henri Deluy, *L'heure dite*
Henri Deluy, *Kérosène kitch*
Cédric Demangeot, *Une inquiétude*
Cédric Demangeot, *Un enfer*
Cédric Demangeot, *Promenade et guerre*
Yves di Manno, *Kambuja*
Yves di Manno, *Partitions*

Yves di Manno, *« endquote », digressions*
Yves di Manno, *Un Pré, chemin vers*
Yves di Manno, *Champs (1975-1985)*
Yves di Manno, *Lavis*
Ariane Dreyfus, *Une histoire passera ici*
Ariane Dreyfus, *Quelques branches vivantes*
Ariane Dreyfus, *Les Compagnies silencieuses*
Ariane Dreyfus, *L'Inhabitable*
Ariane Dreyfus, *La terre voudrait recommencer*
Ariane Dreyfus, *Le dernier livre des enfants*
Chantal Dupuy-Dunier, *Éphéméride*
Chantal Dupuy-Dunier, *Mille grues de papier*
Jean-Michel Espitallier, *Gasoil*
Jean-Michel Espitallier, *Le Théorème d'Espitallier*
Jean-Michel Espitallier, *Salle des machines*
Claude Esteban, *Le Nom et la Demeure*
Claude Esteban, *Élégie de la mort violente*
Claude Esteban, *Quelqu'un commence à parler dans une chambre*
Marie Étienne, *Anatolie*
Marie Étienne, *Roi des cent cavaliers*
Marie Étienne, *Dormans*
Marie Étienne, *Le Livre des recels*
Daniel Fano, *Papier pelure (1969-1999)*
Eugénie Favre, *Suites Tuoni*
Thierry Froger, *Retards légendaires de la photographie*
Thierry Froger, *Deux romans & autres essais*
Isabelle Garron, *Face devant contre*
Isabelle Garron, *Qu'il faille*
Isabelle Garron, *Corps fut*
Isabelle Garron, *bras vif*
Jean-Luc Hérisson, *Le Devisement du monde*
Jean-Luc Hérisson, *La terre blanche et noire*
Emmanuel Hocquard/Raquel, *Orange-Export Ltd. 1969-1986*
Franck André Jamme, *La Récitation de l'oubli*
Estelle Jouili, *Un angle obtus*
Vélimir Khlebnikov, *Zanguezi et autres poèmes*
Christophe Lamiot, *Des pommes et des oranges, Californie*
Christophe Lamiot, *Sitôt Elke, illusion*
Christophe Lamiot Enos, *Albany*
Christophe Lamiot Enos, *1985-1981*
Christophe Lamiot Enos, *Viges*
Josée Lapeyrère, *La Quinze-chevaux*
Josée Lapeyrère, *Belles joues les géraniums*
Julia Lepère, *Par elle se blesse*
Jérôme Lhuillier, *En cette grande époque*

Sophie Loizeau, *La Femme lit*
Sophie Loizeau, *Caudal*
Cécile Mainardi, *Rose activité mortelle*
Cécile Mainardi, *Idéogrammes acryliques*
Sophie Martin, *Classés sans suite*
Matthieu Messagier, *Les Chants Tenses*
Matthieu Messagier, *Les Grands Poèmes Faux*
Matthieu Messagier, *Poésie 1964-1974*
Matthieu Messagier, *Fond de troisième œil*
Matthieu Messagier, *Poèmes sans tain*
Matthieu Messagier, *Dernières poésies immédiates*
Jean-Paul Michel, *Le plus réel est ce hasard, et ce feu*
Jean-Paul Michel, *Défends-toi, Beauté violente !*
Jean-Paul Michel, *Je ne voudrais rien qui mente, dans un livre*
Jean-Paul Michel, *Écrits sur la poésie 1981-2012*
Claude Minière, *Lucrèce*
Emmanuel Moses, *Opus 100*
Emmanuel Moses, *Le Présent*
Emmanuel Moses, *Figure rose*
Emmanuel Moses, *L'Animal*
Emmanuel Moses, *Polonaise*
Sandra Moussempès, *Vestiges de fillette*
Sandra Moussempès, *Captures*
Sandra Moussempès, *Photogénie des ombres peintes*
Sandra Moussempès, *Sunny girls*
Sandra Moussempès, *Cassandre à bout portant*
Florence Pazzottu, *L'Inadéquat*
Florence Pazzottu, *Alors,*
Nicolas Pesquès, *La face nord de Juliau, onze, douze*
Nicolas Pesquès, *La face nord de Juliau, treize à seize*
Nicolas Pesquès, *La face nord de Juliau, dix-sept, dix-huit*
Nicolas Pesquès, *La face nord de Juliau, dix-neuf*
Serge Pey, *Ahuc, poèmes stratégiques (1985-2012)*
Serge Pey, *Le Carnaval des poètes*
Hervé Piekarski, *Le Gel à bord du Titanic*
Hervé Piekarski, *Un récit que notre joie empêche*
Hervé Piekarski, *Limitrophe*
Hervé Piekarski, *L'État d'enfance, II*
Hervé Piekarski, *L'État d'enfance, III*
Dominique Quélen, *Revers*
Alain-Christophe Restrat, *Impasses absolues*
Alain-Christophe Restrat, *Départ dans l'affliction et le son vieux*
Jean-Michel Reynard, *Monnaie courante*
Jacqueline Risset, *Sept passages de la vie d'une femme*

NORD COMPO
multimédia

Composition et mise en pages
Nord Compo à Villeneuve-d'Ascq

Achevé d'imprimer en février 2024 par

ISIPRINT

139 rue Rateau
93120 La Courneuve

Numéro d'impression : 202402.0009
*Imprimé en France*

N° d'édition : 617567-0
Dépôt légal : mars 2024

Jacqueline RISSET, *L'Amour de loin*
Paul Louis ROSSI, *Faïences*
Paul Louis ROSSI, *Quand Anna murmurait (1953-1999)*
Paul Louis ROSSI, *Les Gémissements du siècle*
Paul Louis ROSSI, *Visage des nuits*
Paul Louis ROSSI, *Les Variations légendaires*
Hélène SANGUINETTI, *De la main gauche, exploratrice*
Hélène SANGUINETTI, *D'ici, de ce berceau*
Hélène SANGUINETTI, *Le Héros*
Jean-Luc SARRÉ, *La Chambre*
Jean-Luc SARRÉ, *Les Journées immobiles*
Jean-Luc SARRÉ, *Affleurements*
Éric SAUTOU, *La Tamarissière*
Éric SAUTOU, *Frédéric Renaissan*
Éric SAUTOU, *Les Vacances*
Éric SAUTOU, *Une infinie précaution*
Éric SAUTOU, *Beaupré*
Eugène SAVITZKAYA, *Les couleurs de boucherie*
Jean-Claude SCHNEIDER, *Lamento*
Jean-Claude SCHNEIDER, *Dans le tremblement*
Esther TELLERMANN, *Première apparition avec épaisseur*
Esther TELLERMANN, *Trois plans inhumains*
Esther TELLERMANN, *Distance de fuite*
Esther TELLERMANN, *Pangéia*
Esther TELLERMANN, *Guerre extrême*
Esther TELLERMANN, *Encre plus rouge*
Esther TELLERMANN, *Terre exacte*
Esther TELLERMANN, *Contre l'épisode*
Esther TELLERMANN, *Sous votre nom*
Esther TELLERMANN, *Un versant l'autre*
Jean TORTEL, *Arbitraires espaces*
Jean TORTEL, *Précarités du jour*
Michel VACHEY, *Archipel plusieurs (1967-1987)*
César VALLEJO, *Poésie complète*
Franck VENAILLE, *C'est nous les Modernes*
*Venant d'où ?* (Jérôme LHUILLIER – Florence PAZZOTTU
Éric SAUTOU – Guy VIARRE)
Guy VIARRE, *Tautologie une & autres textes*
Pierre VINCLAIR, *Barbares*
Pierre VINCLAIR, *Les Gestes impossibles*
Pierre VINCLAIR, *Le Cours des choses*
Pierre VINCLAIR, *L'Éducation géographique*
Catherine WEINZAEPFLEN, *Le rrawrr des corbeaux*